Corona

Corona

Oper in drei Aufzügen

Libretto von Michael Rieck

Bibliographische Informationen der Deutschen Nationalbibliothek

Die Deutsche Nationalbibliothek verzeichnet diese Publikation in der Deutschen Nationalbibliographie; detaillierte bibliographische Daten sind im Internet über dnb.d-nb.de abrufbar.

© 2021, Michael Rieck

1. Auflage 2021

Alle Rechte vorbehalten.

Herstellung und Verlag: BoD - Books on Demand, Norderstedt

ISBN: 9783754373941

Vorbemerkung

Die Geschichte und ihre Charaktere sind frei erfunden. Möglicherweise wurde die Fabel stellenweise von der Realität eingeholt. Das mag das geneigte Publikum entscheiden.

Personen

PROF. DR. DR. ZYNIKOW, *Spin Doctor*
DR. ANNEROSE BÜTTEL, *Bundeskanzlerin*
JAN HELD, *Gesundheitsminister*
LUDWIG EHBLANK, *Finanzminister*
ULRICH ZORN, *Innenminister*
DR. NIKOLAUS RUCHHOLM, *Direktor des Seuchendienstes*
DR. MAREN HOFF, *Ärztin*
JENNY, *ihre Tochter*
KEVIN, *Jennys Mitschüler*
BAMBI EMSIG, *Pharmalobbyistin*
MARIONETTA KLAG, *Nachrichtensprecherin, Erstes Unabhängiges Staatsfernsehen (EUS)*
HENRY STUTZ, *Hauptstadtreporter (EUS)*
CONFÉRENCIER
CORONA, *Nummerngirl*
ASSISTENTIN
TROMMLER
KOMMANDOFÜHRER
PASSANT
2 TESTER
2 POLIZISTEN
2 SEUCHENPOLIZISTEN
2 STAMMTISCHBRÜDER
6 GEHEIMDIENSTLER
6 DROHNENPILOTEN
VOLK, ÄRZTE, PATIENTEN, KRANKENSCHWESTERN und
-PFLEGER, POLIZEI, LAGERARBEITER, TESTKOMMANDO

(Je nach Regiekonzeption: BALLETT)

Reihenfolge der Musiknummern

Nr. 1 – Arie Büttel: Nein, ich will das nicht!

Nr. 2 – Chor: Testen, testen …

Nr. 3 – Arie Zynikow: Angst ist das Werkzeug der Macht.

Nr. 4 – Duett Jenny-Hoff: Geduld, mein Kind.

Nr. 5 – Sextett Geheimdienstler: Überwachungslied.

Nr. 6 – Chor: Impflied.

Nr. 7 – Arie Emsig: Klagelied.

Nr. 8 – Duett Seuchenpolizisten: Ganz ohne jeden Grund.

Nr. 9 – Sextett Drohnenpiloten: Drohnenlied.

Nr. 10 – Quartett Repressionskabinett: Liveberichterstattung.

Nr. 11 – Alle: Lockdown.

Ouvertüre

Gegen Ende der Ouvertüre flattern künstliche Fledermäuse über den Köpfen der Zuschauer.

Auftritt Conférencier, später Corona.

CONFÉRENCIER: Meine Damen, meine Herren! Hochverehrtes Publikum! Die Welt ist eine Bühne und wir? – Wir stolpern durch die Kulissen. Der Name des Stückes: „Corona". – Seit Jahr und Tag beherrscht uns jetzt die Seuche. Aber ist es wirklich die Seuche, die uns beherrscht? Nun denn: Wir werden es herausfinden. Bühne frei für Corona! *Deutet nach rechts, setzt sich eine FFP-2-Maske auf, links ab.*
CORONA *(als Virus verkleidetes Nummerngirl) mit Schild „1. Akt" von rechts, links ab.*

ERSTER AKT

Erste Szene

Kanzleramt. In der Mitte ein langer Tisch. In der Mitte sitzend Büttel, rechts von ihr Held, dann Ruchholm, Ehblank, Emsig (mit Nerdbrille und kurzem Rock). Links von der Kanzlerin ein leerer Stuhl, dann Zorn und Hoff. Links hinten steht eine Assistentin neben einer Tür. Später Zynikow.
BÜTTEL *kalt und professionell*: Liebe Kolleginnen und Kollegen, ich begrüße sie Sie zu dieser spontanen Zusammenkunft. Da dies ein vertrauliches Treffen ist, gibt es kein offizielles Protokoll. Das Thema wird Sie kaum überraschen: Die Verbreitung des Covid-Virus in China. Welche Risiken und Chancen ergeben sich daraus? Zur Klärung dieser Frage haben wir Gäste eingeladen, den Direktor des Seuchendienstes Dr. Ruchholm und Dr. Hoff von der Berliner Charité. – Ich begrüße ebenfalls Frau Bambi Emsig von der Bundesarbeitsgemeinschaft der philanthropischen Pharmaunternehmen.
EMSIG: Vielen Dank für die Einladung, Frau Bundeskanzlerin. Es ist schön, hier zu sein.

HELD: Wir müssen uns für Ihr Erscheinen bedanken, Frau Emsig. Im Gesundheitsministerium profitieren wir immer wieder gern von Ihrem Sachverstand.

EHBLANK *höhnisch*: Wie sollte dieser Laden auch sonst laufen …

HELD *irritiert*: Wie darf ich das jetzt verstehen, Herr Kollege?

BÜTTEL: Schluss damit! Ich erwarte, dass wir uns ab jetzt ausschließlich auf das Thema konzentrieren. Zu diesem Zweck haben wir externe Berater …

ASSISTENTIN *zeigt Büttel eine Nachricht auf dem Smartphone.*

BÜTTEL *beiseite*: Wenn man vom Teufel spricht … *Zur Assistentin*: Soll reinkommen.

ASSISTENTIN *geht zur Tür, lässt Zynikow herein und geleitet ihn zum freien Stuhl neben Büttel.*

BÜTTEL: Bitte setzen Sie sich. Darf ich vorstellen: Professor Zynikow. Genau der Experte, den wir nötig haben.

HELD: Ein Virologe?

BÜTTEL: Nein.

RUCHHOLM: Ein Epidemiologe?

BÜTTEL: Nein. – Professor Zynikow ist Psychologe.

HELD *ungläubig*: Ein Psychologe?

BÜTTEL: Ja. Eben der Experte, den wir jetzt brauchen.

HELD: Ich verstehe nicht ganz …

ZORN *leise zu Ehblank*: Wie immer. *Beide lachen leise.*

BÜTTEL: Professor Zynikow wird als wissenschaftlicher Berater des Repressionskabinetts tätig sein.

ZORN: Des erweiterten Repressionskabinetts?

BÜTTEL: Nein, nur ich, der Innen-, Gesundheits- und Finanzminister. Die Ministerpräsidenten der Bundesländer erhalten ihre Befehle dann von mir. Sonst kämen wir zu keinem Ende. *Singt:*

Nr. 1 – Arie

Das Regieren ist kompliziert
schon für eine alleine.
Wird dann noch ewig diskutiert,
folgt lästiges Gegreine.

Man lamentiert von Moral,
von Rechten und von Pflicht.

Nein, das will ich nicht!
Nein, ich will das nicht!

Durchregieren das ganze Land
mit dem eisernen Besen.
Leistet da jemand Widerstand?
Das ist's für ihn gewesen.

Rennt er dann noch, mir zur Qual,
zum Verfassungsgericht?

Nein, das will ich nicht!
Nein, ich will das nicht!

EHBLANK: Frau Bundeskanzlerin, ich habe da aus Ihrem Büro eine E-Mail erhalten. Darin ist von einer astronomischen Summe die Rede, die ich aufbringen soll. Das ist absolut unmöglich.
HELD: Aber, haben wir nicht die schwarze Null erreicht? Der Haushalt ist doch ausgeglichen ...
EHBLANK *und* ZORN *blicken sprachlos auf Held.*
ZORN: Sie glauben diesen Unsinn? Ernsthaft?
EHBLANK: Sogar die Zahlen, die wir selbst veröffentlicht haben, zeichnen ein dramatisches Bild: Unsere Steuereinnahmen betrugen im letzten Jahr 735,9 Milliarden Euro. Das steht in keinem Verhältnis zu den Ausgaben. Allein die Sozialausgaben hatten eine Höhe von einer Billion Euro.
BÜTTEL: In Krisenzeiten darf das keine Rolle spielen. Das Geld muss zur Verfügung stehen.
EHBLANK: Das sehe ich ein. Aber ich soll einen erheblichen Teil des Geldes direkt an diverse Pharmaunternehmen überweisen.
EMSIG: Wir müssen schnellstmöglich einen Impfstoff entwickeln! Soll die Pharmaindustrie das etwa selbst bezahlen?!
HELD: Sie haben doch die Fernsehbilder gesehen. Die Menschen fallen auf der Straße um und sterben!

EHBLANK: Aber eine solche Summe ist unmöglich aufzubringen, schon gar nicht in so kurzer Zeit.

EMSIG: Vielleicht können Sie Ihre Einwände bei einem Treffen mit unserem Vorstand vortragen. Natürlich gegen ein angemessenes Honorar.

EHBLANK: Ähm, also ich …

EMSIG *steht auf, setzt sich auf Ehblanks Schoß, nimmt ihre Brille ab und sieht ihm tief in die Augen*: Zur Vorbereitung sollten wir uns privat unterhalten. Absolut zwanglos. Meine Wohnung ist im Regierungsviertel. Ganz nah …

BÜTTEL *kalt*: Die wesentlichen Punkte sind also geklärt. Ich schließe die Sitzung. Herr Professor Zynikow, Sie können hier noch Frau Dr. Hoff und Herrn Dr. Ruchholm instruieren. Ich wünsche noch einen angenehmen Tag. *Ab.*

ASSISTENTIN, HELD, ZORN, EHBLANK *mit* EMSIG *folgen ihr.*

Zweite Szene

Kanzleramt. Hoff, Riechholm, Zynikow.

ZYNIKOW: Ihre Zeit ist sicher begrenzt. Ich komme also sofort zur Sache. Die Bundeskanzlerin hat mich gebeten, Sie über das weitere Vorgehen zu informieren, also über die offizielle Sprachregelung und die Maßnahmen, die Sie zu ergreifen haben.

RIECHHOLM: Aber das ist doch … Wir wollen Ihre Expertise, über die Sie in Ihrem Fachgebiet zweifellos verfügen, durchaus nicht leugnen. Aber die Empfehlung von geeigneten Maßnahmen zur Bekämpfung von Epidemien ist doch wohl eher unsere Angelegenheit.

HOFF: So ist es. Wir sind direkt vor Ort. Wir können sofort feststellen, wo die Probleme liegen, wie hoch das Patientenaufkommen ist, welche Mittel erforderlich sind …

ZYNIKOW: Haben Sie immer noch nicht kapiert, worum es hier geht?

RUCHHOLM: Äh, bitte?

HOFF: Wie meinen Sie das?

ZYNIKOW *beiseite*: Die sind ja süß … *Zu den anderen*: Vergessen Sie's, das würde jetzt zu weit führen. Sie gehören jetzt zum wissenschaftlichen Beraterteam der Bundeskanzlerin und erhalten Ihre Weisungen direkt von mir. Zu Ihnen, Herr Kollege. Der Seuchendienst wird personell aufgestockt. Das betrifft die Zahl der festen Stellen, wie auch die der freien Mitarbeiter. Darüber hinaus können Sie Unterstützung bei anderen Behörden anfordern. Auch die Bundesagentur für Arbeit wird Ihnen bei Bedarf schnell und unbürokratisch Hilfskräfte vermitteln.

RUCHHOLM: Das ist ja großartig ...

ZYNIKOW: Der Finanzminister wird ja jetzt wohl die erforderlichen Mittel bereitstellen. Von Ihnen wird erwartet, dass Sie die Statistik des Seuchendienstes den neuen Gegebenheiten anpassen. *Eindringlich:* Jede Person, bei der auch nur der kleinste Verdacht besteht, dass sie mit Corona infiziert sein könnte, wird als erkrankt betrachtet und in der Statistik aufgeführt.

RUCHHOLM: Verstanden.

HOFF: Aber das verfälscht doch total die Daten! Wir sind auf eine präzise Statistik angewiesen! Wie sollen wir denn sonst die Situation realistisch bewerten?

ZYNIKOW: Wir haben es hier mit einer globalen Bedrohung zu tun, Frau Kollegin. Wollen Sie etwa das Risiko einer unkontrollierten Ausbreitung der Epidemie eingehen? – Na also. Die Situation ist sehr ernst. Wir erwarten eine Überlastung der Krankenhäuser. Deshalb muss Platz geschaffen werden. Es müssen alle Patienten entlassen werden, bei denen das irgendwie vertretbar ist. Das betrifft auch die Intensivstationen. Die Charité hat hier als das größte und bekannteste Krankenhaus eine Vorbildfunktion.

HOFF *ironisch*: Sollen wir vielleicht auch Operationen absagen?

ZYNIKOW: Ja, selbstverständlich. Alles, was nicht unbedingt notwendig ist, wird auf später verschoben. Außerdem muss sofort die Zahl der Intensivbetten erhöht werden.

HOFF: Das bringt nicht viel, wenn das ausgebildete Personal dafür fehlt.

ZYNIKOW: Das vorhandene Personal ist ausreichend. Durch besondere Bestimmungen werden die Arbeitszeiten verlängert. Das wird auch Sie betreffen. Es gibt viel zu tun.

HOFF: Ich bin alleinerziehend und schon jetzt kaum zu Hause.

ZYNIKOW: Dann stellen Sie eine Haushälterin ein. Ich kann Ihnen da etwas vermitteln. Als Mitglied meines Beraterteams können Sie sich das leisten. Die Aufwandsentschädigung wird Ihr bisheriges Gehalt mehr als verdoppeln.

RUCHHOLM: Das ist ja großartig ...

HOFF: Meine Tochter ist vierzehn. Das ist ein schwieriges Alter. Ich ...

ZYNIKOW: Frau Kollegin, dafür habe ich Verständnis. Aber die Situation ist sehr ernst. Wir müssen jetzt alle Opfer bringen. Die nächsten Monate werden hart. – Kann ich auf Sie zählen?
RUCHHOLM: Jawohl.
HOFF *kämpft mit sich*: Einverstanden.

Dritte Szene

Krankenhaus. Patienten werden rasend schnell entlassen, manche werden aus den Betten geworfen. Schwestern und Pfleger werfen den Entlassenen Kleidung und Gepäck hinterher. Am Ende wischt sich ein Pfleger imaginären Schmutz von den Handflächen (zu den letzten beiden Takten der Musik).

Vierte Szene

KLAG *auf dem Bildschirm*: Liebe Zuschauerinnen und Zuschauer, willkommen zu einer Sonderausgabe des „Aktuellen Abends“.
Thema unseres Brennpunkts ist die neue Testinitiative der Bundesregierung. Das flächendeckende Testen der Bevölkerung sei die Grundvoraussetzung für die Bekämpfung der Corona-Seuche, so Gesundheitsminister Held. Laut Bundesregierung werde es keine Testpflicht geben. Man vertraue auf den Zusammenhalt, die Solidarität und das Verantwortungsbewusstsein der Bürgerinnen und Bürger.

Fünfte Szene

In der Mitte und links werden Tests durchgeführt. Chor rechts.

Nr. 2 – Chor

Testen, testen und verifizieren,
jedes Sträuben ist Verrat!
Willst du dich nicht völlig isolieren,
brauchst du ein Zertifikat.

Refr.:
Natürlich freiwillig und ohne Zwang,
wer and'res behauptet, lügt.
Alle folgen einem inneren Drang,
weil die Vernunft immer siegt.

Wir organisieren jeglichen Test,
effizient und mit Gefühl.
Und stecken wir auch manchmal etwas fest,
kein Test ist jemals zuviel.

Refr.:
Natürlich freiwillig und ohne Zwang ...

Schädlinge, die sich nicht testen lassen,
gibt es noch hier, da und dort.
Man kann nur noch an den Kopf sich fassen,
nun bringt sie schon endlich fort!

Refr.:
Natürlich freiwillig und ohne Zwang ...

Sechste Szene

KLAG *auf dem Bildschirm*: Liebe Zuschauerinnen und Zuschauer, willkommen zu einer Sonderausgabe des „Aktuellen Abends".
Die Lage ist ernst. Flächendeckende Tests haben ergeben, dass die Corona-Epidemie weiter verbreitet ist, als bisher angenommen. Ein Sprecher der Bundesregierung gab bekannt, dass Kanzlerin Büttel die Situation mit großer Sorge betrachte. Aufgrund des alarmierenden Anstiegs der Fallzahlen hat Gesundheitsminister Held bekanntgegeben, dass ab sofort in öffentlichen Gebäuden und Verkehrsmitteln sowie in festgelegten öffentlichen Bereichen eine Mund-Nasen-Bedeckung getragen werden müsse. Weitere Einschränkungen solle es aber nicht geben. Kritikern geht diese Maßnahme nicht weit genug. Severin Hintermolch, Vorsitzender der Initiative „Gesundheit ist Menschenrecht", fordert die Ausdehnung der Maskenpflicht auf den gesamten öffentlichen Raum.

Siebente Szene

Kanzleramt. Hoff, Zynikow.

HOFF: Das ist der klassische Fall einer Quotientepidemie.

ZYNIKOW: Wie bitte?

HOFF: Einer Quotientepidemie; auch Pseudoepidemie genannt. Dabei handelt es sich um eine signifikante Erhöhung der Fallzahlen aufgrund der signifikanten Erhöhung der Tests. Mehr Tests bedeuten natürlich mehr festgestellte Corona-Erreger.

ZYNIKOW: Ja, sicher. Darum geht es doch.

HOFF: Aber, verstehen Sie denn nicht? Bei den meisten positiv Getesteten ist die Krankheit gar nicht ausgebrochen ...

ZYNIKOW: ... ich fürchte, wir reden gerade aneinander vorbei ...

HOFF: ... und es ist idiotisch, sie als Krankheitsfälle zu betrachten. Sie sind, trotz des positiven Befunds, völlig symptomfrei. Wir sollten uns ausschließlich auf die Personen konzentrieren, bei denen die Krankheit ausgebrochen ist. Und wir müssen die Risikogruppen im Auge behalten ...

ZYNIKOW: Frau Kollegin! Ich versuche, Ihnen etwas klarzumachen! – Es ist völlig unerheblich, ob jemand krank ist oder nicht. Für die Bundesregierung ist es entscheidend, dass die offiziellen Fallzahlen einen bestimmten Wert nicht unterschreiten.

HOFF: Aber das ... *Überlegt.* Ich verstehe. Es soll also erreicht werden, dass sich die Menschen der Gefahr bewusst werden und entsprechend handeln. – Aber wäre es nicht besser, jede Panik zu vermeiden?

ZYNIKOW: Liebe Kollegin. Um weitere Missverständnisse zu vermeiden, sage ich es ganz deutlich: Die beschlossenen Maßnahmen dienen nur in zweiter Linie der Eindämmung der Corona-Epidemie. In der Hauptsache sind sie ein geeignetes Mittel zur Durchsetzung der künftigen Politik der Bundesregierung. – Wer Angst vor seinem möglicherweise infizierten Nachbarn hat, achtet weniger auf andere Dinge. Wenn plötzlich die eigene Gesundheit massiv bedroht ist, legt man weniger Wert auf irgendwelche Freiheitsrechte. Viele verlangen dann geradezu nach drastischen Beschränkungen. Das ist nun wahrlich kein neues Phänomen. *Singt:*

Nr. 3 – Arie

Angst ist das Werkzeug der Macht,
um zu beherrschen das Land.
Albträume bei Tag und Nacht,
zerstören jeden Verstand.

Sind dir die Bürger zu dreist,
musst du sie stark erschrecken.
Gefahr, die in Köpfen kreist,
wird das sehr gut bezwecken.

Verbrechen, Krieg und Seuchen
rufen stets Panik hervor.
Die Reaktionen gleichen
sich bei jedem Jammerchor.

Massen zu unterdrücken,
gibt es der Werkzeuge viel.
Hinter des Volkes Rücken
erreicht man subtil das Ziel.

HOFF *setzt sich sprachlos.*

Achte Szene

Durcheinanderlaufende, geschäftige Menschen, etwa ein Viertel von ihnen mit Maske. Maskierte halten Abstand zu den anderen. Diese werden zunehmend unsicher, schützen sich mit Taschentüchern, Krawatten und anderen improvisierten Mitteln. – Dann immer mehr von ihnen mit Maske. Zwei oder drei Unmaskierte bleiben übrig, werden böse angesehen, dann bedroht und verfolgt. Alle nach links hinten ab. Von links zwei Personen mit Maske, die mit großen Toilettenpapierpackungen über die Bühne rennen, rechts ab.

Neunte Szene

Jenny, Kevin auf einer Parkbank. Später 2 Polizisten.

JENNY: Und was hast du dann gesagt?
KEVIN: Ich hab' ihn gefragt, ob er unbedingt Pickel haben will.
JENNY: Und?
KEVIN: Das hat den Spast nicht interessiert. Der findet Masketragen cool.
JENNY: Na ja, wir dürfen ja ab nächster Woche gar nicht mehr ohne raus. Und auch hier dürfen wir eigentlich nur mit Maske sitzen ...
POLIZISTEN *nähern sich von hinten der Bank.*
KEVIN: Ist mir egal. Wenn einer was will, soll er sich bei mir melden.
POLIZISTEN *bleiben hinter der Bank stehen.*
JENNY *sarkastisch*: Mein Held!
KEVIN: Was sonst ... – Außerdem, was soll das? Wir sitzen hier einfach auf einer Bank. Mitten im Frühling. Wo soll da 'n Virus herkommen?
JENNY: Und wenn die Polizei kommt?
KEVIN *streckt sich und legt den Arm auf die Lehne hinter Jenny*: Die Bullen können mich mal.
POLIZIST 1: Ach was ...
KEVIN *und* JENNY *springen auf.*
KEVIN *rennt nach einer Schrecksekunde blitzartig von der Bühne.*
POLIZIST 2: Nanu? – Hat sich der Kavalier aus dem Staub gemacht?
POLIZIST 1: Ein wichtiger Termin, vielleicht ...
POLIZIST 2: Einmal den Ausweis, junge Dame.
JENNY: Hab ich nicht.
POLIZIST 2: Schülerausweis ...? Irgendwas ...?
JENNY *schüttelt den Kopf.*
POLIZIST 2 *fotografiert Jenny mit seinem Tablet*: Na, mal sehen ... *Wischt auf dem Gerät herum.*
POLIZIST 1: Dir ist schon klar, dass hier im Park Maskenpflicht herrscht und das Auf-Bänken-Sitzen verboten ist?
JENNY: Nein ... ja ...
POLIZIST 1: Nein-Ja. Dir ist schon klar, dass du jetzt ein Problem hast?
JENNY: Warum?

18

POLIZIST 1: Warum? Weil das 'ne Anzeige gibt. Das kann so richtig teuer werden.

POLIZIST 2: Da haben wir es ja.

POLIZIST 1: Das hat aber gedauert.

POLIZIST 2: Die Verbindung ist mal wieder sehr schleppend. – Also: Jenny Hoff, vierzehn Jahre. – Hä? Sperrvermerk?

POLIZIST 1: Zeig mal her. *Nimmt das Tablet.* Ihre Mutter ist Dr. Maren Hoff, Kanzleramt, Abteilung Zynikow. – Ach du Scheiße …

POLIZIST 2: Was bedeutet das?

POLIZIST 1: Das bedeutet: Pfoten weg. *Zu Jenny:* Tut uns leid. Einen schönen Tag noch. *Gibt seinem Kollegen das Tablet zurück.* Komm.

POLIZISTEN *ab.*

JENNY *erstaunt:* Was war das denn?

Zehnte Szene

Jenny links vorn, Hoff rechts hinten. Beide mit Mobiltelefon. Jeweils ein Spot auf Jenny und Hoff. Singen:

Nr. 4 - Duett

JENNY:

  Mama, bitte sag' mir bloß,
  was hier nur passiert.
  Was ist eigentlich hier los?
  Ich hab's nicht kapiert.

  Sitz' ich draußen, gibt es Streit
  mit der Polizei.
  Wann ist diese blöde Zeit
  endlich mal vorbei?

HOFF:

  Geduld, mein Kind, hab' Geduld,
  bitte hör' mir zu:
  Nur diese Seuche ist Schuld
  und das weißt auch du.

JENNY:

    Mama, bitte komm' zu mir,
    denn ich habe Angst.

HOFF:

    Aber Kind, was denkst du dir,
    was du hier verlangst …

    Ich kann hier nicht weggehen,
    das ist zu wichtig.
    Wir werden das durchstehen
    und ich glaub' an dich.

    Du bist jetzt schon richtig groß,
    eine junge Frau.
    Frei und stark trägst du dein Los,
    das weiß ich genau.

JENNY: Tschüß, Mama.
HOFF: Tschüß.

CORONA *mit Schild „2. Akt" von rechts, links ab.*

ZWEITER AKT

Erste Szene

Kanzleramt. Büttel, Ehblank, Held, Hoff, Ruchholm, Zorn, Zynikow.

HELD: Es läuft eigentlich ganz gut. Die Leute tragen brav ihre Maske. Und die meisten lassen sich anstandslos testen.
BÜTTEL: Dann können wir also die nächste Stufe zünden?
ZYNIKOW: Es spricht nichts dagegen.
ZORN: Die nächste Stufe?

BÜTTEL *zu Zynikow*: Bitte, Herr Professor.

ZYNIKOW: Frau Bundeskanzlerin, meine Herren Minister, um die größtmögliche Lenkbarkeit der Bevölkerung zu erreichen, müssen bestimmte Veränderungen in der Psyche der Menschen erfolgen. Dies kann mithilfe der Regression erreicht werden.

HELD: Hä? – Was?

ZYNIKOW: Regression bedeutet „Rückentwicklung". Erwachsene sind leichter zu lenken, wenn man sie emotional in die Kindheit zurückversetzt. Aus diesem Grund spricht ja auch die Kanzlerin zum Volk wie zu kleinen Kindern.

BÜTTEL: Nochmals vielen Dank für diesen Rat, Herr Professor.

ZYNIKOW: Immer wieder gern, Frau Dr. Büttel.

HELD: Das ist ja interessant. *Zu Büttel*: Aber ja, Sie sprechen wirklich so.

ZORN: Besonders mit Ihnen …

EHBLANK *zu Zorn*: Woran das wohl liegen mag …? *Beide lachen leise.*

BÜTTEL: Es reicht! – Herr Professor, bitte.

ZYNIKOW: Danke. Besonders hilfreich ist übrigens auch die drastische Absenkung des Bildungsniveaus. Da sind wir auf einem sehr guten Weg. Bei den Erwachsenen greift diese Maßnahme natürlich nicht mehr und deshalb ist die Regression unbedingt erforderlich. Zu diesem Zweck empfiehlt sich auch eine starke Reduktion des Selbstwertgefühls. Das erreicht man durch ständige Demütigung. Wir haben da ein Konzept ausgearbeitet, das uns der Herr Dr. Ruchholm jetzt freundlicherweise vorstellen wird. Bitte sehr, Herr Kollege.

RUCHHOLM *sieht aus seinen Gedanken gerissen von seinen Unterlagen auf*: Anal.

Verwirrte Blicke in der Runde.

ZYNIKOW: Ja also, vielleicht … etwas ausführlicher …?

BÜTTEL: Oh ja, bitte …

RUCHHOLM: Natürlich, Entschuldigung. In China werden nicht nur Rachen-, sondern auch rektale Abstriche für den Coronatest vorgenommen. Wir schlagen nun vor, regelmäßige Analabstriche einzuführen.

ZORN *leise zu Ehblank*: „Einzuführen" ist gut. *Beide lachen leise.*

RUCHHOLM: Die Pflicht, sich dieser Maßnahme zu unterziehen, besteht zunächst nur für eine kleine Gruppe. Das wird dann aber sehr schnell auf immer größere Teile der Bevölkerung ausgedehnt.

EHBLANK *leise zu Zorn*: „Ausgedehnt" …?

ZORN *spuckt Wasser, das er gerade trinken wollte, über die Bühne.*
RUCHHOLM: Begründen werden wir diese Maßnahme mit der Unzuverlässigkeit der bisherigen Tests.
EHBLANK: Das ist glaubhaft. Die Dinger sind wirklich Schrott. Wenn ich daran denke, wie viel die kosten …
HELD: Sie kommen dabei ja wohl nicht zu kurz.
EHBLANK: Im Gegensatz zu Ihnen oder was?
BÜTTEL *räuspert sich mahnend.*
ZYNIKOW: Sind alle mit dem Vorschlag meines Teams einverstanden?
BÜTTEL: Ich denke schon. Können Sie auch eine entsprechende Erklärung für die Medien vorbereiten?
ZORN *lacht gehässig*: Meine Damen und Herren, die Bundesregierung wird Sie alle in den …
BÜTTEL *schlägt auf den Tisch*: Die Sitzung ist geschlossen!

Zweite Szene

KLAG *auf dem Bildschirm*: Liebe Zuschauerinnen und Zuschauer, willkommen zu einer Sonderausgabe des „Aktuellen Abends".
Im Kampf gegen Corona steht die Bevölkerung fest hinter der Bundesregierung. Die neue Analabstrichverordnung sei mit großem Verständnis aufgenommen worden, so ein Regierungssprecher. Kritiker bemängeln allerdings, dass diese Maßnahme viel zu spät ergriffen worden sei. Laut Gesundheitsminister Held sei die Verzögerung darauf zurückzuführen, dass man alle relevanten Akteure in die Entscheidungsfindung habe einbeziehen müssen. Das sei in einer Demokratie eben nötig. Gerüchte, dass die neue Verordnung nur dazu diene, die Bevölkerung die Macht der Regierung spüren zu lassen, verwies der Minister ins Reich der Verschwörungstheorien.
Angesichts einer ständig zunehmenden Verunglimpfung von Verfassungsorganen, wie z. B. der Bundesregierung, kündigte Innenminister Zorn an, das Internet stärker überwachen zu lassen. Auch auf die Gerüchte im Zusammenhang mit der Analabstrichverordnung ging Minister Zorn ein. Keineswegs gehe es darum, dass sich die Bevölkerung der Macht der Bundesregierung beuge. Wörtlich sagte der Minister: „Die Menschen sollen sich nicht beugen. Sie sollen sich nur bücken."

Dritte Szene

Mitte hinten: Schreibtische mit Laptops. Geheimdienstler (reden wie Brechtschauspieler).

GEHEIMDIENSTLER A: Die sozialen Netzwerke kochen über!
GEHEIMDIENSTLER B: Die Zensuralgorithmen sind hart am Limit.
GEHEIMDIENSTLER C: Sofort die 1-Euro-Jobber aktivieren.
GEHEIMDIENSTLER D: Erledigt. Die Hilfskräfte kommentieren nun unliebsame Kommentare. – Sie loben und preisen die Maßnahmen der Regierung. – Wie sie es gelernt haben.
GEHEIMDIENSTLER A: Alarm! Hohn und Spott ergießen sich über unsere Helfer!
GEHEIMDIENSTLER E: Dennoch bleiben sie unverzagt ...
GEHEIMDIENSTLER F: Einige auf verlorenem Posten ...
GEHEIMDIENSTLER B: Wir erfassen nun die Regierungskritiker. – Wir erkennen Netzwerke. – Wir haben sie, die Ratten.
GEHEIMDIENSTLER C: Zersetzungsmaßnahmen planen. Das Ergebnis an Professor Zynikow, wissenschaftlicher Berater des Repressionskabinetts.
GEHEIMDIENSTLER *verlassen ihre Schreibtische, gehen nach vorn, singen*:

Nr. 5 - Sextett

Wir überwachen die Kommunikation,
wir kontrollieren und observieren.
Auch scannen wir uns're gesamte Nation,
denn wir müssen alles registrieren.

Diskret, effizient, eiskalt –
so sind wir halt.

Hin und her, kreuz und quer, wer denkt, ist suspekt.
Auf seiner Arbeit und in seinem Haus,
in seinem Verein, wo auch immer er steckt,
was immer er tut: Wir forschen ihn aus.

Diskret, effizient, eiskalt –
so sind wir halt.

Sind jeder Regierung nützlich und loyal,
werden immer gut sie informieren.
Ist ein Auftrag legal oder illegal,
wir werden uns bestimmt niemals zieren.

Unser Gewerbe ist alt. –
So sind wir halt.

Vierte Szene

Kanzleramt. Büttel, Ehblank, Held, Hoff, Ruchholm, Zorn, Zynikow.

BÜTTEL: Liebe Kolleginnen und Kollegen, willkommen. Angesichts der knappen Zeit übergebe ich Ihnen gleich das Wort, Herr Professor.
ZYNIKOW: Vielen Dank, Frau Bundeskanzlerin. Bevor wir zum eigentlichen Tagesordnungspunkt kommen, noch kurz eine neue Sprachregelung: Im Zusammenhang mit Corona ist nicht mehr von einer Epidemie die Rede, sondern von einer Pandemie.
HOFF: Das wird nicht gehen. Es gibt eine exakte Definition der Weltgesundheitsorganisation. Wir haben keine Pandemie. Das glaubt uns keiner.
ZYNIKOW: Dann werden Sie erfreut sein zu hören, dass die Weltgesundheitsorganisation gerade eben ihre Definition der neuen Lage angepasst hat.
HOFF: Wie praktisch …
ZYNIKOW: Somit haben wir es mit einer Pandemie zu tun, was weitergehende Maßnahmen rechtfertigt.
ZORN: So weit, so gut. Doch das wird nicht ausreichen, um die neuen Maßnahmen zu legitimieren. Schon jetzt gibt es erheblichen Widerstand. Es ist bereits zu ersten Demonstrationen gekommen.
HELD: Die Polizei muss unbedingt härter gegen diese Verbrecher vorgehen!

ZYNIKOW: So weit sind wir noch nicht. Friedliche Demonstranten niederzuknüppeln, macht einen äußerst schlechten Eindruck. Wir müssen diese Leute erst diskreditieren. Das wird einige Zeit dauern.

ZORN: Also soll sich die Polizei völlig zurückhalten?

ZYNIKOW: Nein, das wäre auch nicht sinnvoll.

BÜTTEL: Was wäre denn sinnvoll?

ZYNIKOW: Willkürliche Festnahmen bei Demonstrationen. Einfach irgendwelche Leute rausgreifen und abführen. Das erzeugt ein Klima der Angst. Angst durch Unsicherheit. Niemand weiß, ob er nicht der Nächste ist. Das sollte nicht nur Demonstranten so ergehen, sondern allen, die die Maßnahmen der Bundesregierung ablehnen. Diese Individuen müssen schlimme Erfahrungen machen. Und zwar ständig. In der Psychologie nennen wir das „negative Verstärkung".

BÜTTEL: Was bedeutet das genau?

ZYNIKOW: Das bedeutet, dass eine Person ständig einem negativen Reiz ausgesetzt ist. Befreien kann sie sich von diesem negativen Reiz nur durch das erwünschte Verhalten.

BÜTTEL: Wie kann dieser ständige negative Reiz erzeugt werden?

ZYNIKOW: Durch Nachteile im Beruf, Einschränkung der Bewegungsfreiheit, finanzielle Belastung und vor allem durch gesellschaftliche Verachtung. Kein Individuum erträgt es, isoliert zu sein. Im Gegenteil. Jeder braucht die Anerkennung durch seine Mitmenschen. Zumindest aber ist es wichtig, als Mensch respektiert zu werden. Wer das erwünschte Verhalten zeigt, soll also in hohem Maß gesellschaftliche Anerkennung erhalten. Das nennen wir „soziale Verstärkung". Neben Geld ist die soziale Verstärkung eine Belohnungsform, bei der nie eine Übersättigung eintritt. Man kann einfach nicht genug davon bekommen. Darauf gründet sich auch der sogenannte Bandwagon-Effekt. Der besagt, dass ein Individuum zu den Siegern oder zumindest zur Mehrheit gehören möchte. – Die negative und die soziale Verstärkung gehören zu den wirksamsten Techniken der operanten Konditionierung.

ZORN: Also Zuckerbrot und Peitsche. Wie immer.

BÜTTEL: Wie erreichen wir die gesellschaftliche Verachtung?

HELD: Wir machen deutlich, dass diese Typen zur Ausbreitung der Epidemie …

RUCHHOLM: … Pandemie …

HELD: Wie …? – Äh ja, zur Ausbreitung der Pandemie beitragen.

BÜTTEL *zu Zynikow*: Was halten Sie davon?

ZYNIKOW: Das würde nur eine sinnlose Meinungsdebatte auslösen. Darauf lassen wir uns nicht ein. Um eine Gruppe zu diskreditieren gibt es bewährte Techniken. Zum Beispiel die „Assoziation mit dem Bösen". Dazu sucht man eine in der Öffentlichkeit negativ bewertete Personengruppe aus und schreibt deren verwerfliche Eigenschaften der anderen Gruppe zu.

BÜTTEL: Wer würde da infrage kommen?

ZYNIKOW: Terroristen, Linksextremisten, Rechtsextremisten, ganz egal.

BÜTTEL: Terrorismus ist kein Thema für diese Legislaturperiode. Linksextremismus im Augenblick auch nicht. Also Rechtsextremismus?

EHBLANK: Wir geben gerade viel Geld für entsprechende Kampagnen gegen Rechts aus. Wir müssten also nicht umschwenken.

ZORN: Na deshalb finanzieren wir ja auch diese Kampagnen. Wir müssen nur immer für den konkreten Fall festlegen, wer gerade ein Rechtsextremist ist.

ZYNIKOW: Gut. Wie gesagt, ob rechts, links oder sonst was, ist völlig schnuppe. Die Botschaft lautet dann also: Alle Gegner der Anti-Corona-Maßnahmen der Bundesregierung sind Rechtsextremisten.

HOFF: Aber das ist doch Unsinn! In meinem Bekanntenkreis gibt es viele, die den Maßnahmen skeptisch gegenüberstehen. Die meisten von ihnen sind aber eher links.

ZYNIKOW: Um so besser! Welcher Linke will schon mit Rechtsextremisten in einen Topf geworfen werden? Wenn, wie Sie sagen, ein großer Teil der Kritiker eher links angehaucht ist, garantiert das den Erfolg. Die Zahl der Kritiker wird sich drastisch verkleinern.

ZORN: Zumindest werden sie das Maul halten.

HOFF: Wie wollen Sie das denn erreichen?

ZYNIKOW: Wie immer. Durch ständige Wiederholung. In den großen Medien. Die kleinen können wir vernachlässigen. Falls es Probleme gibt, werden das Netzwerkdurchsetzungsgesetz und die Allgemeinen Geschäftsbedingungen der sozialen Netzwerke Abhilfe schaffen. Als Botschafter nehmen wir A- bis F-Prominente, Leute von der Straße und Youtube-Sternchen. Die üblichen Knalltüten.

ZORN: Und wir werden unsere Provokateure in die Feindorganisationen einschleusen.

HOFF: Die Wahrheit wird trotzdem herauskommen.

ZYNIKOW: Die Wahrheit … Was ist denn die Wahrheit? Laut Aristoteles die Übereinstimmung des Denkens mit der Realität. Doch bestimmt die Realität das Denken? Oder ist es umgekehrt? Realität ist, was die Menschen dafür halten. Und das bestimmen wir.

BÜTTEL: Und dabei bleibt es auch.

Fünfte Szene

KLAG *auf dem Bildschirm*: Liebe Zuschauerinnen und Zuschauer, willkommen zu einer Sonderausgabe des „Aktuellen Abends". Es sind verstörende Bilder. Die umstrittenen Kritiker der Anti-Corona-Maßnahmen provozierten bei einer angemeldeten aber unangemessenen Demonstration die Polizei. Demonstranten, zum Teil aus dem rechtsextremen Lager, hatten der Polizei zugewinkt und sie angelächelt. Laut Aussage eines Polizeisprechers habe dies mehrere Beamte verwirrt. Der Einsatzleiter habe diese psychologische Kriegsführung gegen die Polizei durchschaut und Maßnahmen zur Selbstverteidigung angeordnet. Erst durch den Einsatz von Schlagstöcken, Pfefferspray und Wasserwerfern konnte die Situation unter Kontrolle gebracht werden. Innenminister Zorn machte deutlich, dass die Bundesregierung hundertprozentig hinter der Polizei stehe. Der Polizeieinsatz rief allerdings auch massive Kritik hervor. So bemängelte Severin Hintermolch, Vorsitzender der Initiative „Gesundheit ist Menschenrecht", dass die Polizei erst sehr spät und viel zu zögernd eingegriffen habe. Der Innenminister erklärte nach dem jüngsten Missbrauch des Demonstrationsrechts, dass ab sofort ein vorläufiges Demonstrationsverbot gelte.

Um den größtmöglichen Schutz der Bevölkerung zu erreichen, hat die EU-Kommission die vorläufige Zulassung des Superimpfstoffs „Turbopower" befohlen. Um unberechtigten Sorgen der Bevölkerung entgegenzutreten, hat Gesundheitsminister Held angekündigt, sich als einer der ersten impfen zu lassen.

Sechste Szene

In der Mitte und links: Ärzte, Schwestern, eine lange Reihe von Impfwilligen. Impfungen werden durchgeführt, zwei Drittel haben danach Schmerzen im Arm, 2-3 Geimpfte fallen um und werden von der Bühne geschleift. Chor rechts, singt:

Nr. 6 – Chor

Ein kleiner Pieks ist nicht gefährlich,
das glauben wir jetzt ganz ehrlich.
Eine Impfung geht sehr schnell vorbei,
nur Miesmacher machen Geschrei.

Man liefert den Stoff selbst zum Schreibtisch.
Jeder Junkie wäre neidisch!
Uns're geniale Distribution
läuft mit der höchsten Präzision.

Geimpfte sind der neue Adel,
ein Ritterschlag ist die Nadel.
Ihnen gebühr'n die höchsten Ehren,
wenn nur alle so cool wären.

Siebente Szene

Kanzleramt. Büttel, Ehblank, Held, Zorn, Zynikow, später Emsig.

BÜTTEL: So geht das nicht! Trotz der Arbeit unserer besten Propagandaspezialisten gibt es noch immer massive Vorbehalte gegen das Impfen. Ich erwarte eine Erklärung, meine Herren!
ZORN: Im Internet wird übel gehetzt. In der Kulturszene gibt es Abweichler. Die meisten spuren ja noch, aber eine kleine Minderheit eben nicht und die wird immer größer. *Zu Held*: Verdammt, wie sehen Sie denn aus?! Alles in Ordnung?
HELD *benommen*: Ich weiß nicht. Mir ist so komisch …
EHBLANK: Haben Sie sich wirklich diesen Dreck spritzen lassen?
HELD: Das war ein Versehen …
ZORN: Das war es tatsächlich. Wir haben den Arzt gründlich verhört. Er ist für einen Kollegen eingesprungen und dachte wirklich, er sollte dem Gesundheitsminister die übliche Dosis „Turbopower" verpassen.
BÜTTEL: Oh mein Gott. Wenn es nicht mehr geht, lassen Sie sich einfach nach Hause fahren.
HELD: Die Sitzung werde ich schon überstehen.

EHBLANK *und* ZORN *nicken anerkennend.*

BÜTTEL: Sehr gut. Und die Fernsehbilder von Ihrer Impfung sind ja auch einiges wert.

EHBLANK: Zumal das eine wirklich authentische Angelegenheit war. Wo gibt es so etwas noch …?

Tür kracht auf, EMSIG *stürmt aufgebracht herein.*

EMSIG: Das ist absolut inakzeptabel!

BÜTTEL: Was ist denn los?

EMSIG: Die neuen Zahlen sind da. Die Impfbereitschaft ist nicht sehr ausgeprägt.

EHBLANK: Das kann Ihren Unternehmen doch egal sein. Der Staat hat die Impfstoffentwicklung bezahlt. Der Staat garantiert die Abnahme, egal zu welchem Preis. Der Staat übernimmt alle Kosten, wenn Nebenwirkungen auftreten. Der Staat hält Ihnen unerwünschte Konkurrenz vom Hals.

HELD: Und wir bereiten gerade die Bevölkerung darauf vor, dass die Impfung künftig zwei bis drei Mal im Jahr notwendig sein wird. In jedem Jahr! Als Impfabo.

EHBLANK: Sie haben also ein Quasimonopol. Ohne Risiko und ohne Konkurrenz.

ZORN: Und die entsprechenden Verträge unterliegen der absoluten Geheimhaltung.

EHBLANK: Was wollen Sie denn noch?!

EMSIG: Aber das Image. Unsere Unternehmen stellen noch andere Medikamente her. Wenn die Leute nicht mal bei der lauthals verkündeten Corona-Bedrohung ihre Vorurteile überwinden, wie sollen wir den Verkauf der anderen Produkte steigern?! Und das Schlimmste: *Schluchzt*: Die Aktienkurse geben nach! – Wir tun so viel für die Menschen! Und die? Die sind einfach undankbar! – Die viele Arbeit! Seit über einem Jahr! Von früh bis spät. Von einem freien Wochenende kann ich nur träumen. Und jetzt das! Ich kann einfach nicht mehr! *Singt*:

Nr. 7 – Arie

Nein, ich kann's nimmer ertragen,
kaum dass ich je verschnauf'.
Niemals darf ich je versagen,
ich reibe mich hier auf.

Und wofür, ja wofür:
Der Pharma-Lobby Gier!

Ständig muss ich hier bestechen,
der Politiker Schar.
Sehr oft muss ich mich erbrechen,
kommen sie mir zu nah.

(Gekränkte Empörung bei Ehblank, Held und Zorn.)

Und wofür, ja wofür:
Der Pharma-Lobby Gier!

Doch bin ich clever, hart wie Stein
und bald ist es vorbei.
Eines Tages werd' ich reich sein,
dann bin ich endlich frei!

Dann bin ich endlich frei!

BÜTTEL *legt Emsig gütig den Arm um die Schulter*: Ist gut, mein Kind. Lassen Sie ruhig mal alles raus. Ich bin sicher, dass wir Ihnen helfen können. Herr Professor, was meinen Sie?
ZYNIKOW: Ich glaube, unsere junge Dame hat sich zuviel zugemutet. Es ist ja nicht schlecht, ehrgeizig zu sein, aber sie hat es in der letzten Zeit übertrieben. Sie braucht Struktur und, wie soll ich sagen, liebevolle Strenge.
BÜTTEL *schiebt Emsig zu Zynikow*: Sie werden sich unverzüglich darum kümmern, Herr Professor.
ZYNIKOW: Selbstverständlich. *Zu Emsig*: Kommen Sie. *Ergreift Emsigs Oberarm und zieht sie zur Tür.* EMSIG *geht bereitwillig mit.*
BÜTTEL *zu Emsig*: So ist es gut. Sie sind in erfahrenen, äh, in guten Händen.
EMSIG *und* ZYNIKOW *ab.*

Achte Szene

Kanzleramt. Büttel, Ehblank, Held, Zorn.

BÜTTEL *schneidend*: So, meine Herren. Das Problem ist mehr als offensichtlich. Die Frage lautet: Wie erhöhen wir spürbar die Impfbereitschaft?

ZORN: Wir führen die Impfpflicht ein.

EHBLANK: Richtig.

HELD: Bin auch dafür.

BÜTTEL: Das wäre zu früh. Muss ich Ihnen erklären, wie die Salamitaktik funktioniert?

EHBLANK: Nicht nötig. Das hat Professor Zynikow bereits ausführlich getan.

BÜTTEL: Und wir halten uns an seinen Plan. Wenn er doch nur hier wäre ...

EHBLANK: Warum haben Sie ihn dann weggeschickt?

BÜTTEL: Weil er sich um ein dringendes Problem kümmern muss. Sie waren doch dabei. Denken Sie, ich werde zulassen, dass die Emsig durchdreht und die Pharmalobby gegen uns aufhetzt?! Ich nehme doch an, dass auch Sie an Ihrem Amt hängen.

EHBLANK: Das tue ich.

ZORN: Die Lobby der Digitalkonzerne ist mit unseren Maßnahmen sehr zufrieden. Und auch uns nutzen sie kolossal. Wenn ich nur an die neuen Befugnisse der Exekutive denke ...

BÜTTEL: Machen wir also das Beste daraus. Der Professor hat die Idee geäußert, verschiedene Kennzeichnungen einzuführen; also eine Kennzeichnung für Ungeimpfte und Geimpfte.

EHBLANK: Buttons?

BÜTTEL: Es sollte schon auffällig sein.

HELD: Armbinden?

BÜTTEL: Historisch vorbelastet.

ZORN: Hüte.

HELD: Die Leute sollen sich lustige Hüte aufsetzen? Und vielleicht noch Pappnasen?

EHBLANK: Das würde nicht gehen. –Dann müsste man sich entscheiden: Maske oder Pappnase. Es sei denn, man setzt sich erst die Maske und dann die Pappnase auf.

BÜTTEL: Nehmen Sie die Sache ernst. Es steht viel auf dem Spiel.

ZORN: Mützen beziehungsweise Basecaps. In bestimmten Farben.

BÜTTEL: Das ist gut. Und welche Farben?

ZORN: Weiß für Geimpfte, Schwarz für Ungeimpfte?

BÜTTEL: Weiß wird schnell schmutzig. Und Schwarz wird mit unserer Partei assoziiert.

EHBLANK: Außerdem könnte man uns Rassismus vorwerfen.

HELD: Eine Ampel? Grün für Geimpfte, Rot für Ungeimpfte?

BÜTTEL: Rot für Ungeimpfte? Da würden die Sozis querschießen. Aber Grün für Geimpfte ist gut. Die Farbe der Hoffnung und so weiter. Und für die Ungeimpften …

ZORN: Etwas Auffälliges. Etwas, das von weitem zu erkennen ist.

HELD: Gelb?

BÜTTEL: Sind Sie wahnsinnig?!

HELD: Wieso? – Ach so …

EHBLANK: Die Komplementärfarbe von Grün ist Orange.

BÜTTEL: Das könnte die Holländer verärgern.

ZORN: Außerdem soll Orange cool sein. Ist aus Amerika rübergeschwappt.

Schweigen. Angestrengtes Überlegen.

EHBLANK: Na klar …

BÜTTEL: Ja?

EHBLANK: Braun.

ZORN: Sehr gut.

BÜTTEL: Das passt auch zur offiziellen Einstufung der Kritiker als Rechtsextremisten. Das machen wir so.

HELD: Soll es andere Mützen für mehrfach Geimpfte geben?

BÜTTEL: Professor Zynikow rät von einer abweichenden Kennzeichnung ab. Sonst könnten die Ungeimpften als die größte Gruppe erscheinen.

ZORN: Das leuchtet ein.

EHBLANK: Aber eine zusätzliche Kennzeichnung wäre gut. Dafür könnten wir tatsächlich Buttons nehmen.

HELD: Genau. Pro Impfung gibt es einen Button.

BÜTTEL: Das ist also beschlossen. Professor Zynikow weist noch darauf hin, dass es sinnvoll ist, an der Sache wirtschaftlich zu partizipieren.

EHBLANK: Also, darauf hätte er uns nun wirklich nicht hinweisen müssen.

BÜTTEL: Der Professor hat vorgeschlagen, ein Unternehmen zu gründen, das die besagten Produkte vertreibt und Lizenzen an andere Unternehmen vergibt.
HELD: Sehr gut! *Fällt vom Stuhl.*

Neunte Szene

Kneipe. Zwei Stammtischbrüder. (Sprechen mit dem Akzent, der am Aufführungsort der Oper gesprochen wird. Der Berliner Akzent ist hier nur als Beispiel gedacht.)

STAMMTISCHBRUDER 1: Haste jehört? Die ham beschloss'n, det jetz alle Unjeimpften mit 'ner braun'n Mütze rumlof'n müss'n.
STAMMTISCHBRUDER 2: Wieso'n ditte?
STAMMTISCHBRUDER 1: Det ha'ick ma ßuëast och jefracht. Aba, ick glob', jetz ha'ks kapiert.
STAMMTISCHBRUDER 2: Und, wat meenste?
STAMMTISCHBRUDER 1: Pass uff: Wat will die Rejierung?
STAMMTISCHBRUDER 2: Rejiean?
STAMMTISCHBRUDER 1: Richtich. Und wat soll det Volk?
STAMMTISCHBRUDER 2: Mach'n, wat die Rejierung sacht?
STAMMTISCHBRUDER 1: Jenau. Oda anners ausjedrückt: Det Volk soll die Rejierung in'n Asch kriech'n. Und wenn'a da drin jesteckt hat, welche Farbe hat dann der Kopp? – Is' klar, oda?
STAMMTISCHBRUDER 2: Ja.
STAMMTISCHBRUDER 1: Nu'mach'n dit aba nich' alle. Dit heeßt, det aus der einheitlich'n Masse noch 'n paar helle Köppe rauskiek'n.
STAMMTISCHBRUDER 2: Und die soll'n 'ne braune Mütze uffsetz'n?
STAMMTISCHBRUDER 1: Richtich. Dit is' wej'n die Einheitlichkeit.
STAMMTISCHBRUDER 2: Dit leuchtet ein.
STAMMTISCHBRUDER 1: Die beklar'n ja schon lange, det die Jesellschaft jespalt'n is'.
STAMMTISCHBRUDER 2: Dit is' ja och nich' schön.
STAMMTISCHBRUDER 1: Ebend. Aba dit is' jetz' vorbei. Alle ßieh'n wieda am sel'm Strang. – Wir ham' 'ne echt weise Rejierung.
STAMMTISCHBRUDER 2: Dit stümmt …

Zehnte Szene

In der Mitte ein langer Tisch, an dem nebeneinander fünf Lagerarbeiter stehen. Von rechts bringen weitere Lagerarbeiter Kartons und stellen sie auf den Tisch. Die Arbeiter am Tisch schieben die Kartons einzeln nach links, wobei jeder ansagt, was nur für ihn sichtbar auf dem Karton steht. (Wichtig ist, dass sie dabei gleichzeitig sprechen.) Von links Lagerarbeiter, die die Kartons einzeln vom Tisch nehmen und nach links wegtragen. All das geschieht synchron. Links hinten ein Trommler, der den Takt vorgibt. Auf dem Monitor sieht man eine bestimmte Summe, die sich bei jeder fünften Kiste erhöht, wobei das Klingeln einer Kasse zu hören ist. (Das Klingeln erfolgt gleichzeitig mit einem gesprochenen Wort.)

LAGERARBEITER *(am Tisch)*: BRAUN – BRAUN – BRAUN – GRÜN – GRÜN – BRAUN – GRÜN – BRAUN – BRAUN – GRÜN – BUTTONS – BRAUN – GRÜN – GRÜN – GRÜN – BRAUN – BRAUN – BRAUN – BRAUN – GRÜN – BUTTONS – GRÜN – BRAUN … *etc.*
Wird wiederholt, bis die Szene beendet ist. Reihenfolge kann variieren.

CORONA *mit Schild „3. Akt" von rechts, links ab.*

DRITTER AKT

Erste Szene

KLAG *auf dem Bildschirm*: Liebe Zuschauerinnen und Zuschauer, willkommen zu einer Sonderausgabe des „Aktuellen Abends".
Es ist ein großer Erfolg im Kampf für die Kinderrechte: Kinder ab neun Jahren können sich frei für eine Impfung gegen Corona entscheiden. Eltern haben nicht mehr die Möglichkeit, ihren Kindern den notwendigen Gesundheitsschutz zu verweigern. Jugendämter und Polizei sind angehalten, diese Maßnahme zum Schutz der Kinder konsequent durchzusetzen. Der Direktor des Seuchendienstes Dr. Nikolaus Ruchholm gab das Versprechen, mobile Impfbrigaden für Schulen aufzustellen. Lehrerinnen und

Lehrer müssten jetzt dafür Sorge tragen, dass jedes Kind seine Rechte kennt. Kritikern geht die Regelung nicht weit genug. Severin Hintermolch, Vorsitzender der Initiative „Gesundheit ist Menschenrecht", machte deutlich, dass die Maßnahme nur eine kleine Gruppe der Kinder schützen werde. Wörtlich sagte er: „Auch und gerade die Unterneunjährigen haben ein Recht auf Gesundheit. Dieses Recht muss mit allen Mitteln gegen die unverantwortliche Ignoranz gewissenloser ‚Eltern' durchgesetzt werden."

Wir bleiben beim Thema Corona. In einer gemeinsamen Erklärung gaben Gesundheitsminister Held und Innenminister Zorn bekannt, dass die Test- und Impfkommandos des Seuchendienstes nunmehr hoheitliche Befugnisse hätten. Zur Abwehr von Gesundheitsgefahren können die Kommandos nun bestimmte Bevölkerungsgruppen, die eine Gefahr für die Allgemeinheit darstellen, testen, impfen oder auch in Quarantäneeinrichtungen verbringen. Das Recht auf körperliche Unversehrtheit, auf die Unverletzlichkeit der Wohnung und auf Freizügigkeit ist dementsprechend eingeschränkt. Zum Selbstschutz sollen die Kommandos des Seuchendienstes bewaffnet werden. Es sind gemeinsame Übungen mit den Spezialeinsatzkommandos der Polizei vorgesehen. Zur Verstärkung der lokalen Einheiten wurde heute die Bundesseucheneinheit BSE gegründet.

Zweite Szene

Zwei Seuchenpolizisten, Passanten.

SEUCHEBNPOLIZISTEN *stehen schwerbewaffnet am hinteren Rand der Bühne. Eine Gruppe von Personen mit braunen Mützen schlendert an ihnen vorbei.*

SEUCHENPOLIZIST 1: Los, weitergehen!
PASSANT: Wir haben das Recht, hier zu sein.
SEUCHENPOLIZIST 2: Ihr habt das Recht, gründlich getestet zu werden. Na, bist du scharf drauf?
PASSANTEN *schnell ab.*
SEUCHENPOLIZISTEN *singen*:

Nr. 8 – Duett

SEUCHENPOLIZIST 1:
Dieses Pack ist unverschämt
und ungeimpft dazu.
Wer sich nach Gesundheit sehnt,
verachtet sie im Nu.

Beide:
‖: Ganz ohne jeden Grund
hält man sie für gesund. :‖

SEUCHENPOLIZIST 2:
Wer so etwas vor sich hat,
bekommt 'nen großen Schreck.
Verseucht ist die ganze Stadt
mit diesem kranken Dreck!

Beide:
‖: Ganz ohne jeden Grund
hält man sie für gesund. :‖

Doch wir stehen hier auf Wacht,
schützen uns're Leute.
Niemand wird hier umgebracht,
durch die Seuchenmeute.

‖: Ganz ohne jeden Grund
hält man sie für gesund. :‖

PASSANT *grüne Mütze, FFP-2-Maske, fünf Buttons, heruntergezogene Hose. Stolpert gebückt über die Bühne.*
SEUCHENPOLIZISTEN *nicken ihm wohlwollend zu.*
PASSANT *ab.*
SEUCHENPOLIZIST 1: Guter Mann.
SEUCHENPOLIZIST 2 *nickt.*

Dritte Szene

Bildschirm. Klag, Ruchholm.

KLAG: Liebe Zuschauerinnen und Zuschauer, willkommen zu einer Sonderausgabe des „Aktuellen Abends".
Mit Technik gegen die Pandemie. Der Direktor des Seuchendienstes Dr. Nikolaus Ruchholm hat den Aufbau einer Drohnenflotte angekündigt. Dr. Ruchholm ist uns nun zugeschaltet. Guten Abend, Herr Dr. Ruchholm.
RUCHHOLM: Guten Abend, Frau Klag.
KLAG: Herr Dr. Ruchholm, was versprechen Sie sich von dem geplanten Drohneneinsatz?
RUCHHOM: Im Zusammenhang mit der Bekämpfung der Corona-Pandemie gibt es zahlreiche Verwendungsmöglichkeiten für Drohnen. Da wäre zunächst einmal die Möglichkeit eines schnellen Transports des wertvollen Impfstoffes. Wir werden von der Straße unabhängig und somit nicht mehr von Staus betroffen sein. Darüber hinaus erhöht der Transport mit Drohnen die Akzeptanz des Impfstoffes an den Schulen. Das vor allem bei den technikbegeisterten Jungen …
KLAG: … und natürlich bei den technikbegeisterten Mädchen.
RUCHHOLM: Selbstverständlich.
KLAG: Aber ist denn die Akzeptanz für den Impfstoff bei den Schülerinnen und Schülern nicht ohnehin sehr groß?
RUCHHOLM: Das steht außer Frage. Doch es gibt immer noch einige Eltern, die aus Bösartigkeit oder einfach aus Unkenntnis ihren Kindern gefährlichen Unsinn einreden.
KLAG *betroffen*: Erschreckend. – Aber zurück zu den Drohnen. Was können sie noch?
RUCHHOLM: Ein weiterer Verwendungszweck ist die Datenerhebung. Eine Baureihe wird nicht nur mit Kameras, sondern auch mit Wärmesensoren ausgestattet. Diese ermöglichen es festzustellen, ob die anvisierte Person Fieber hat. Per Gesichtserkennungssoftware wird die Identität der Person festgestellt und automatisch an das zuständige Testkommando weitergeleitet.
KLAG *begeistert*: Phantastisch!
RUCHHOLM: Des Weiteren meldet die Drohne auch auffällige Ansammlungen von braunen Mützen. Aber das ist noch nicht alles. Eine

weitere Baureihe ermöglicht die Distanzinfektion, äh nein, Distanzinjektion.

KLAG: Distanzinjektion? Das müssen Sie den Zuschauerinnen und Zuschauern einmal genauer erklären.

RUCHHOLM: Gern. Diese Drohnen haben Abschussvorrichtungen für Injektionspfeile.

KLAG: Die Drohnen schießen also?

RUCHHOLM: Nein, nein, so würde ich das nicht sagen. Die Injektionspfeile werden mit Druckluft auf den Weg gebracht. Das können Sie mit einem Tierarzt vergleichen, der mit einem Blasrohr Betäubungspfeile versendet. Nur enthält unser Projektil kein Betäubungsmittel, sondern den guten Impfstoff.

KLAG: Da bin ich beruhigt. Aber wozu das Ganze? Ist die Impfbereitschaft nicht unglaublich hoch?

RUCHHOLM: Natürlich ist sie das. Und in den wenigen Fällen, in denen gewissenlose Individuen nicht einsehen wollen, dass sie ein extremes Risiko für ihre Mitbürger darstellen, agieren unsere Impfkommandos sehr entschlossen. Doch nicht in jedem Fall sind sie erfolgreich. Sie müssen wissen, Frau Klag, dass viele Angehörige der Kommandos ehemalige Hartz-4-Empfänger sind. Deren körperliche Fitness lässt noch zu wünschen übrig, sodass sich immer wieder gefährliche Personen der Impfung durch Flucht entziehen. Das wird in Zukunft unmöglich sein.

KLAG *triumphierend*: Dank der Drohne.

RUCHHOLM: Niemand entgeht auf Dauer seinem Schicksal. Diese philosophische Erkenntnis wird sich jetzt auch dem verstocktesten Superspreader offenbaren.

KLAG: Durch einen Pfeil im Hintern, hihi …

RUCHHOLM: Wer nicht hören kann, muss fühlen.

KLAG: Wie wahr. *Besorgt*: Aber wird die Zahl der Drohnen auch reichen?

RUCHHOLM: Unbedingt. Die Produktion läuft auf Hochtouren. Unsere – äh, ich meine, die Herstellerfirma garantiert eine Verdopplung der Produktion bis Ende des nächsten Monats.

KLAG: Und woher nehmen Sie die Piloten?

RUCHHOLM: Zu diesem Zweck haben wir vor einigen Wochen ein kostenloses Onlinespiel ins Netz gestellt. In diesem Spiel geht es darum, aus der Luft Zombies in einer Menschenmenge aufzuspüren und gezielt zu neutralisieren. Wer dabei das zehnte Level erreicht hat, ist in der Lage, all unsere Drohnen zu bedienen. Beim Erreichen dieses Levels erhält der Spieler automatisch ein Jobangebot vom Seuchendienst. Es handelt sich übrigens um eine Tätigkeit im Home-Office. Auf diese Weise konnten wir bereits einen Stamm qualifizierter Drohnenpiloten aufbauen.

KLAG *erfreut*: Sehr gut! Herr Dr. Ruchholm, ich danke Ihnen, dass Sie sich die Zeit für unser Gespräch genommen haben. Guten Abend.

RUCHHOLM: Guten Abend, Frau Klag.

Vierte Szene

Drohnen schweben über der Bühne. Sechs Drohnenpiloten in historischer Fliegerkleidung, singen:

Nr. 9 - Sextett

Wir durchkämmen kühn den Himmel
unserer großen Stadt,
überwachen das Gewimmel,
am Tag und in der Nacht.

Doch auch wenn wir selbst nicht fliegen
in einem Fluggerät
und nur auf dem Sofa liegen,
vom Winde unverweht.

Sind wir doch trotzdem die Helden,
denn wir retten die Welt.
Weil wir Verdächtige melden,
dafür kriegen wir Geld.

Die Drohne stürzt sich auf das Ziel,
das wird fest anvisiert!
Die versuchte Flucht hilft nicht viel,
Serum ist injiziert!

Fünfte Szene

Kanzleramt. Held, Hoff, Ruchholm, Zorn.

HOFF: Das können Sie doch nicht machen!

RUCHHOLM: Rechte bedingen Pflichten. Das muss auch die junge Generation begreifen.

HOFF: Bitte?

HELD: Das Recht auf Gesundheit, also auf die Coronaimpfung, soll eben künftig eine Testpflicht beinhalten. Ist ja auch irgendwie logisch ...

HOFF: Aber eine Pflicht zum Analabstrich?! Für Neunjährige?!

HELD: Meine Güte ... Ist doch bloß einmal pro Woche. Außerdem findet das in den Schulen statt; sie müssen also nicht mal ins Testzentrum gehen.

HOFF: Und wer soll die Tests durchführen? Die Lehrer etwa?

HELD: Nein, das würde sie überlasten. Wir setzen auf das ehrenamtliche Engagement.

HOFF: Wie meinen Sie das?

RUCHHOLM: Es soll eine große Kampagne für das Werben von freiwilligen Helfern durchgeführt werden. Wir bereiten gerade die Aufrufe vor.

HOFF: Haben Sie völlig den Verstand verloren?! Wissen Sie denn nicht, wer sich da melden wird?!

ZORN: Da kann ich Sie beruhigen. Wir werden stichprobenartig kontrollieren, ob jemand einschlägig vorbestraft ist.

HOFF: Stichprobenartig?!

ZORN: Die Polizei hat schon auch noch andere Aufgaben. Es gibt unzählige Verstöße gegen die Corona-Verordnungen. Die Zahl der illegalen Demonstrationen hat auch schon wieder zugenommen.

HELD: Was regen Sie sich eigentlich auf, Frau Hoff? Ihre Tochter geht auf eine Privatschule. Die sind von den geplanten Maßnahmen gar nicht betroffen.

ZORN *beiseite*: Zumindest nicht in den nächsten drei Wochen.

HOFF: Glauben Sie wirklich, dass die Eltern das zulassen werden?

ZORN: Die Polizei wird die Kinderrechte konsequent durchsetzen.

HELD: Auch gegen „Erziehungsberechtigte", die sich irgendwelche Ansprüche anmaßen.

HOFF: Das kann doch alles nicht wahr sein! Haben Sie denn gar kein Gewissen?!

40

HELD: Vielleicht sollten Sie sich für heute freinehmen. Ihre Nerven …
HOFF: Meine Nerven?!
RUCHHOLM: Bitte, liebe Kollegin. Machen Sie sich doch nicht unglücklich.
HOFF: Das war's. Mit dieser kriminellen Bande habe ich nichts mehr zu tun.
ZORN: Professor Zynikow hat schon geahnt, dass Sie so reagieren würden. Er hat Ihren Aufhebungsvertrag bereits aufsetzen lassen. Mit erscheint die Abfindungssumme unverständlich hoch, aber das habe ich nicht zu entscheiden. Unterschreiben Sie bitte hier.
HOFF *unterschreibt.*
ZORN: Ihren Seuchendienstausweis und Ihre Waffe bitte.
HOFF *gibt ihm beides. Ab.*

Sechste Szene

Bildschirm. Klag, später Stutz und Hoff.

KLAG: Liebe Zuschauerinnen und Zuschauer, willkommen zu einer neuen Sendung des „Aktuellen Abends".
Bundesverdienstkreuz für Severin Hintermolch. Der Vorsitzende der Initiative „Gesundheit ist Menschenrecht" wurde heute vom Bundespräsidenten mit dieser hohen Auszeichnung geehrt. Anlass für die Ordensverleihung sei Hintermolchs stetiger Kampf für die Gesundheit der Schwächsten in der Gesellschaft, insbesondere der Kinder, so der Bundespräsident in seiner Laudatio. In unermüdlichem Einsatz habe Hintermolch die teilweise zögernde Politik von der Notwendigkeit einer konsequenten Seuchenbekämpfung überzeugt. In seiner Dankesrede verwies Severin Hintermolch auf eine Statistik aus seinem neuen Buch „Absolute Maßnahmen sind die wirksamsten Maßnahmen!". Diese belegt, dass sich 67 Prozent der Befragten für härtere Maßnahmen gegen die Coronapandemie aussprechen. 20 Prozent halten die derzeitigen Maßnahmen für ausreichend; neun Prozent sind für eine Lockerung. Die restlichen Befragten waren unentschlossen.
In der selben Stunde, in der dem Erfolgsautor seine verdiente Auszeichnung verliehen wurde, verurteilte das Berliner Landgericht den Verbrecher Paul Schmidt wegen Volksverhetzung zu einer Freiheitsstrafe von

drei Jahren und fünf Monaten ohne Bewährung sowie zum Verlust der bürgerlichen Ehrenrechte. Schmidt hatte auf der Leipziger Buchmesse ein Werbeplakat für Hintermolchs Buch mit der Aufschrift „Totaler Lockdown – Kürzester Lockdown" beschmiert. Kanzlerin Büttel hatte sofort nach der Tat ihren Abscheu bekundet. Nach der heutigen Urteilsverkündung brachte sie ihre Befriedigung über das Funktionieren des Rechtsstaats zum Ausdruck. Auch „Molchi", wie er liebevoll von seinen zahlreichen Freunden genannt wird, zeigte sich erfreut über das Urteil. Noch mehr habe er sich aber über die Nachricht gefreut, dass in seiner Heimatstadt eine Grundschule nach ihm benannt wurde.

Härtere Maßnahmen gegen Corona beschlossen. In einer Pressekonferenz werden Kanzlerin Büttel und Gesundheitsminister Held die neuesten Beschlüsse des Krisenkabinetts vorstellen. Wir schalten nun live zu unserem Hauptstadtkorrespondenten Henry Stutz vor dem Kanzleramt. Hallo Henry!

STUTZ: Hallo Marionetta!

KLAG: Wie ist der Stand der Dinge?

STUTZ: Hier vor dem Kanzleramt herrscht ein unglaubliches Gedränge. Fernsehteams aus aller Welt versuchen, einen günstigen Platz zu ergattern. Es soll ein umfangreiches Maßnahmenpaket zur Seuchenbekämpfung vorgestellt werden. Aus Kreisen heißt es, dass diesmal Nägel mit Köpfen gemacht werden.

KLAG: Ist schon irgendetwas durchgesickert?

STUTZ: Nein und die Spannung ist hier sehr groß. Es sind die wildesten Gerüchte in Umlauf, zum Beispiel ... Moment. – Ist das nicht ...

KLAG: Henry?

STUTZ: Da kommt gerade Dr. Hoff aus dem Kanzleramt.

KLAG: Dr. Maren Hoff? Vom wissenschaftlichen Beraterteam der Kanzlerin?

STUTZ: Genau. Ich werd' mal versuchen, zu ihr durchzukommen. Frau Dr. Hoff ... hallo! Haben Sie kurz Zeit? – Frau Dr. Hoff, was können Sie unseren Zuschauerinnen und Zuschauern über die neuen Maßnahmen sagen?

HOFF: Diese Maßnahmen sind schlicht verfassungswidrig. Sie verstoßen gegen jede Moral. Es bedarf schon einer extrem hohen kriminellen Energie, um ... *Übertragung wird unterbrochen, „Technische Störung".*

Siebente Szene

Kanzleramt. Büttel, Ehblank, Held, Zorn. Singen:

Nr. 10. – Quartett

BÜTTEL:
> Die unerfreulichste Gattung
> der heutigen Fernsehwelt
> ist die Liverberichterstattung,
> die das Leben uns vergällt.

EHBLANK:
> Trotz der besten Vorbereitung,
> ausgesuchtem Publikum,
> der perfektesten Anleitung
> läuft es manchmal wirklich dumm.

HELD:
> Unverschämteste Gestalten,
> dumm-dreist und impertinent,
> die nur freche Reden halten,
> geifernd und stets ungehemmt.

ZORN:
> Die dürfen niemals auftauchen
> in einer Sendeanstalt.
> Dieses können wir nicht brauchen
> und unmöglich wird das bald.

Alle:
> Künftig sind nämlich untersagt
> jedwede Liveansprachen.
> Sendet jemand, der uns nicht fragt,
> folgen furchtbare Strafen.

Achte Szene

Hoff mit Tasche und Rollkoffer, Jenny mit Rucksack und Rollkoffer, später Testkommando, Zynikow und Emsig.

HOFF *und* JENNY *von rechts. Bleiben in der Mitte stehen.*
JENNY: Mama …? – Müssen wir wirklich weg?
HOFF: Das geht nicht anders.
JENNY: Warum denn?
HOFF: Das erkläre ich dir unterwegs. Jetzt müssen wir erstmal los.
JENNY: Und unsere Sachen?
HOFF: Die lassen wir uns nachschicken. Komm.
TESTKOMMANDO *von links und rechts.*
KOMMANDOFÜHRER: Hallo … Wen haben wir denn da?
TESTER A *pfeift anerkennend.*
TESTER B: Nicht schlecht …
KOMMANDOFÜHRER: Ich will mal die Impfnachweise sehen.
HOFF: Wir sind nicht geimpft.
KOMANNDOFÜHRER: Und wo sind Ihre braunen Mützen?
JENNY: Die waren ausverkauft.
Gejohle beim Testkommando.
TESTER A: Ganz schön kess, die Kleine …
KOMMANDOFÜHRER: In dem Fall sind unsere Vorschriften eindeutig. Wir müssen Sie testen.
TESTER B: Die Kleine; ich nehm' die Kleine.
HOFF: Und wer von Ihnen ist die weibliche Person, die uns als einzige testen dürfte?
TESTER B: Ich war schon immer sehr feminin.
HOFF: Ganz ohne Zweifel. *An Kommandoführer:* Auch da sind Ihre Vorschriften eindeutig.
KOMMANDOFÜHRER: Das sind sie in der Tat. Und wenn Sie sie gelesen hätten, wüssten Sie, dass Tests an Frauen „nach Möglichkeit von weiblichen Teammitgliedern durchgeführt" werden sollen. „Nach Möglichkeit". Wenn es keine weiblichen Teammitglieder gibt, besteht diese Möglichkeit eben nicht. Also los …
JENNY: Schon mal was von einem Sperrvermerk gehört?
KOMMANDOFÜHRER: Was meinst du?

JENNY *zeigt auf Hoff*: Meine Mutter ist Dr. Maren Hoff, Kanzleramt, Team Professor Zynikow.

TESTKOMMANDO *weicht erschrocken einen Schritt zurück (mit Ausnahme von Tester B)*.

KOMMANDOFÜHRER: Warum haben Sie das nicht gleich gesagt?

TESTER B *enttäuscht und aggressiv*: Moment mal! Überprüfen wir das nicht? Die kleine Kröte kann uns viel erzählen!

KOMMANDOFÜHRER *zu Hoff*: Ihren Ausweis, bitte. *Nimmt den Ausweis, steckt ihn in ein Lesegerät. Nach kurzer Zeit piept es.* Tut mir leid, Ihr Sperrvermerk wurde aufgehoben. Sie haben keine Sonderrechte mehr. *Gibt den Ausweis zurück.*

TESTER B *anzüglich zu Jenny*: Na dann hoch das Röckchen!

JENNY *ängstlich*: Mama?

HOFF *mit Pfefferspray*: Keinen Schritt weiter!

KOMMANDOFÜHRER: Echt jetzt? Sie halten das für eine gute Idee?

TESTTEAM *bewegt sich auf Hoff zu.*

ZYNIKOW *von links*: Das reicht jetzt.

TESTTEAM *bleibt stehen.*

TESTER B: Was willst du denn …?

TESTER A: Na, Streit suchen …

ZYNIKOW *zeigt Kommandoführer einen Ausweis.*

KOMMANDOFÜHRER *nimmt Haltung an*: Was können wir für Sie tun?

ZYNIKOW: Renitente Impfgegner auf dem Potsdamer Platz. Die Impfteams brauchen sofort Verstärkung.

KOMMANDOFÜHRER: Verstanden. – An die Fahrzeuge! Laufschritt!

TESTTEAM *rechts ab.*

HOFF: Nanu? Verspüren Sie doch manchmal eine menschliche Regung?

ZYNIKOW: Wir brauchen keine Märtyrer. Sie sind einfach zu bekannt.

HOFF: Klar. Und ich dachte schon …

ZYNIKOW *lacht*: Nein, nein. Das würde ja Ihr Weltbild zerstören.

HOFF *ernst*: Mein Weltbild ist zerstört.

ZYNIKOW: Ich habe Sie aufspüren lassen, weil ich glaube, dass Sie Ihren Aufhebungsvertrag nicht gelesen haben. Mit ihm haben Sie auch eine Verschwiegenheitsverpflichtung unterzeichnet. Also, künftig keinen Kontakt mehr zu den Medien, verstanden?

HOFF: Die bringen doch sowieso nur, was ihnen erlaubt wurde.

ZYNIKOW: Verpassen Sie Ihren Flug nicht.

HOFF: Sie wissen natürlich, wo wir hinwollen.

ZYNIKOW: Natürlich.

JENNY: Danke, dass Sie uns geholfen haben.

HOFF: Ich glaube, er hat das Team auf uns angesetzt. Als kleine Botschaft, nicht wahr?

ZYNIKOW *überrascht*: Glauben Sie das? – Nun, wenn es so gewesen sein sollte, ist die Botschaft hoffentlich angekommen. Bon voyage.

HOFF *und* JENNY *links ab.*

EMSIG *von rechts, Zynikow anhimmelnd*: Ihre Tasche Herr Professor. Nein, bitte, ich trage sie für Sie. – Ich habe übrigens die Informationen über unseren Vorstandsvorsitzenden, die Sie wollten.

ZYNIKOW *streichelt ihre Wange*: Das ist brav. Komm. *Beide rechts ab.*

Neunte Szene

Menschen von rechts, rennen über die Bühne, von Drohnen verfolgt. Einer versteckt sich, die anderen links ab. Eine Kette Seuchenpolizisten langsam von rechts, entdecken den Versteckten, zwei von ihnen ergreifen ihn, rechts ab. Die anderen links ab.

Zehnte Szene

Alle. Betreten einzeln oder in Gruppen die Bühne. Singen:

Nr. 11 – Chor

BÜTTEL, EHBLANK, HELD, ZORN, ZYNIKOW.
> Die Zeit, sie läuft für uns, tick-tack!
> Wir werden herrschen weit und breit!
> Beherrschen auch das dumme Pack,
> das sich darüber auch noch freut!

HOFF:
> Eine neue Erkenntnis fällt uns manchmal schwer.
> Doch ist jetzt klar: wir haben keine Rechte mehr.
> Die Regierung behandelt uns nur noch wie Vieh!
> Jenny, vergiss das nie! – Jenny, vergiss das nie!

JENNY:

Nein, nein, liebe Mutter, nein!
Auch vergess' ich nie das Schwein,
das wollte unter meinen Rock.
Ein widerlicher Hurenbock!

RUCHHOLM, SEUCHENPOLIZISTEN, DROHNENPILOTEN *marschieren*:

Wir schützen uns're Gesellschaft
vor der schlimmen Pandemie.
Dazu fehlt es uns nicht an Kraft
und Skrupel hatten wir nie.

||: Wir werden euch alle impfen,
geimpft muss ein jeder sein!
Und wer von euch nicht geimpft ist,
der kann sich schon auf uns freu'n. :||

CONFÉRENCIER :

Was habt ihr denn erwartet?
Etwa ein schönes Happy-End?
Das Spiel ist abgekartet,
falls ihr die Lage noch verkennt.

Ihr habt nichts mehr zu sagen.
Wann wird euch das nun endlich klar?
Und all die neuen Plagen
geh'n immer weiter, Jahr für Jahr.

JENNY:

Ihr seid doch Menschen mit Verstand
und führt euch auf wie Schafe.
Verzichtet ihr auf Widerstand,
folgt nur zu Recht die Strafe.

HOFF:

       Oder glaubt ihr etwa ernsthaft,
       dass jemand die Sache anhält.
       Wenn ihr jetzt nicht selbst Ordnung schafft,
       dann kostet euch das mehr als Geld.

Alle:

       Ihr könnt uns das jetzt glauben.
       Oder darüber kichern.
       Vielleicht auch vor Wut schnauben,
       doch können wir versichern:

       Immer weiter wird es geh'n,
       jeder Lockdown wird schlimmer.
       Versucht, endlich zu versteh'n:
       Corona bleibt für immer.

CONFÉRENCIER :

       Verlasst euch drauf:

ZYNIKOW:

       Das hört nie auf!

                                Vorhang.